Withdrawn

MON FRÈRE LE CHIEN

Pour Emmanuel

Grégoire Solotareff

MON FRÈRE LE CHIEN

lutin poche de l'école des loisirs

11, rue de Sèvres, Paris 6ᵉ

Il était une fois, il y a quelque temps, un souriceau qui voulait être roi, mais il ne comptait pour personne. C'était moi, ce souriceau.
Je m'étais réveillé de très mauvaise humeur et j'avais quitté la maison en claquant la porte. J'avais sauté le petit muret qui sépare le jardin d'un champ de pommes de terre et je m'étais dirigé vers la mer.

Jamais, depuis que je suis né, je ne m'étais senti aussi seul.
Il est vrai que je suis né il n'y a pas très longtemps.

À peine arrivé sur le môle, un drôle de chien
avec une tête un peu comme la mienne - à part les oreilles -
est venu me renifler et s'asseoir à côté de moi
comme si nous étions deux frères, vraiment les deux
meilleurs amis.
« Nous autres chiens », me dit-il, « nous ne sommes pas libres
comme vous, les souris. Nous avons besoin d'un maître.
Aussi j'ai pensé que tu pourrais être le mien. »

J'étais d'abord étonné d'entendre un chien parler
et puis je me suis dit que si les souris savent parler,
pourquoi pas les chiens ? Ce chien si petit mais si décidé
suscita malgré tout mon admiration.

Je voulus l'emmener chez moi, je lui en parlai, il accepta.
Je lui dis que son nom serait *Mon Frère le Chien*, il accepta aussi.
C'était vraiment un chien formidable.

À la maison, la première chose que mon père dit
fut : « Qu'est-ce que c'est que ça ? Je te préviens,
je ne veux pas de chien chez moi. Un enfant comme toi,
ça me suffit ! D'ailleurs, il te ressemble. Si j'étais
de meilleure humeur, ça me ferait rire. Aujourd'hui,
ça ne m'amuse *pas du tout*. » Je me demandai si mon père
avait dans la poitrine quelque chose qui ressemblât, même de loin,
à un cœur. Je le dis à *Mon Frère le Chien*, il ne répondit rien et
dans un sens je lui en fus reconnaissant.

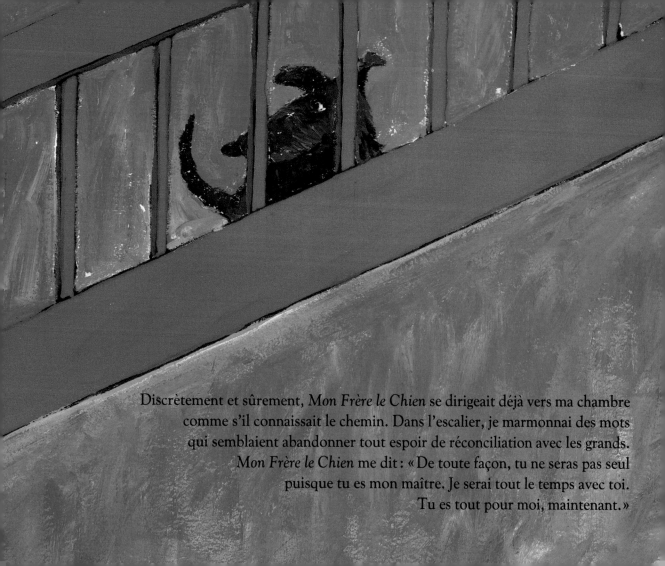

Discrètement et sûrement, *Mon Frère le Chien* se dirigeait déjà vers ma chambre
comme s'il connaissait le chemin. Dans l'escalier, je marmonnai des mots
qui semblaient abandonner tout espoir de réconciliation avec les grands.
Mon Frère le Chien me dit : « De toute façon, tu ne seras pas seul
puisque tu es mon maître. Je serai tout le temps avec toi.
Tu es tout pour moi, maintenant. »

Nous étions depuis un moment sur mon lit en train de bavarder quand des animaux bizarres, bien plus grands que nous, d'étranges moutons, certains cornus, d'autres pas, sortirent de sous le sommier où d'habitude il n'y a que des moutons de poussière bien sages, tout gris et tout petits. Ils nous saluèrent.

« Nous sommes les Zaduls », me dit une sorte de chef. « Je suis le représentant des Papasses et voici
ma femme qui parle au nom des Mamasses. »
« Laissez-nous », dit *Mon Frère le Chien*, « nous sommes un peu las.
Revenez demain pour prendre connaissance des désirs
de mon maître. D'ici là, nous dormirons,
si vous n'y voyez pas d'inconvénient. »

Le lendemain, une délégation de Zaduls vint nous voir.

«Nous pensons que ce chien doit partir», me dit leur chef. «Il n'y a pas de place ici pour lui.»

«Mais si, mais si! Mais comment cela?» dit *Mon Frère le Chien*. «Nous sommes inséparables, mon maître et moi. D'ailleurs, c'est lui qui décide, c'est le roi.»

Il s'était levé en pleine nuit et, dans le noir de ma chambre et non sans quelque danger, il m'avait trouvé une couronne et nommé roi. Un dévouement pareil me fit un plaisir plus grand qu'une longue gorgée de lait concentré sucré. Il ajouta:

«À présent, vous pouvez disposer. Nous avons, le roi et moi, des histoires à nous raconter. Fermez la porte en sortant.»

C'est alors que les ennuis commencèrent :
les Zaduls nous prirent en grippe et décidèrent
de nous faire la guerre, disant qu'avant notre arrivée,
surtout celle du chien, ils avaient la paix.
Pour nous défendre et garder une position dominante
pendant le conflit qui se préparait, *Mon Frère le Chien*
décida - ou plutôt me conseilla - de gagner l'arbre
du jardin (qui est bien plus haut que mon lit).
«Il est rare qu'un Zadul grimpe dans un arbre», me dit-il,
«ça lui est très pénible, c'est un animal pas très souple.»
Au début, *Mon Frère le Chien* s'occupait de tout. Il me
protégeait totalement. Quant à moi, j'étais loin d'être sûr
que nous allions gagner.

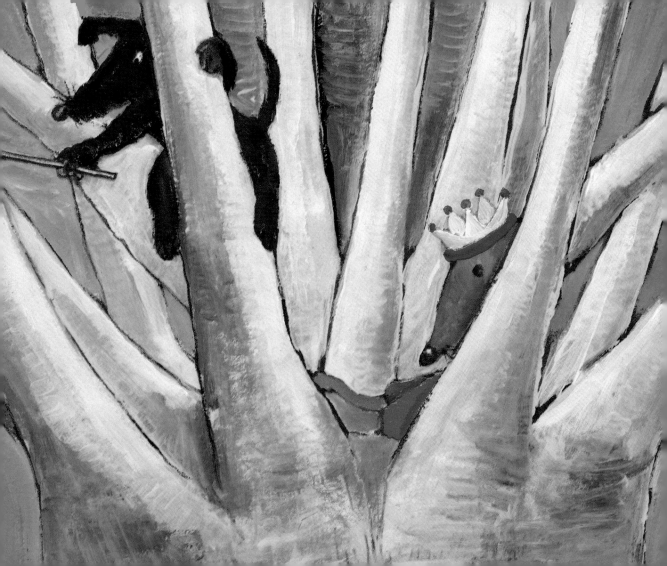

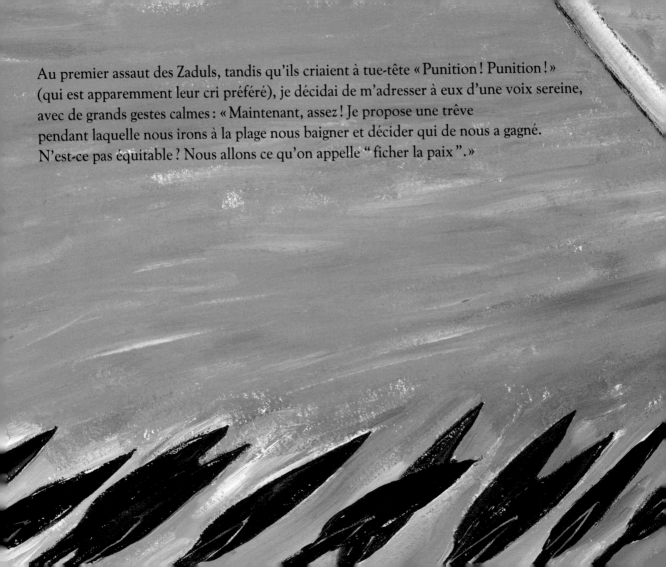

Au premier assaut des Zaduls, tandis qu'ils criaient à tue-tête «Punition! Punition!»
(qui est apparemment leur cri préféré), je décidai de m'adresser à eux d'une voix sereine,
avec de grands gestes calmes : «Maintenant, assez! Je propose une trêve
pendant laquelle nous irons à la plage nous baigner et décider qui de nous a gagné.
N'est-ce pas équitable? Nous allons ce qu'on appelle "ficher la paix".»

À la plage, le bain et la discussion durèrent jusqu'à la nuit et plus tard encore.
Je me baignai sans couronne, par commodité.

Entre les différents problèmes abordés, on échangea des cadeaux de guerre
et il y eut quelques réunions magiques sur le sable.

Lorsque le soleil se coucha une nouvelle fois dans la mer, nous fichions enfin la paix :
il fut décidé avec quelques Zaduls responsables que je restais roi ; *Mon Frère le Chien*
devint mon coroi, avec une couronne un peu comme la mienne,
et les Zaduls nos sujets obéissants moyennant quelques concessions de notre part.
À l'avenir, nous devions promettre d'être *gentils, sages et propres*, ce que nous étions déjà,
bien entendu, et d'autres petites choses : rien d'extraordinaire.
Ainsi, la paix devait être solide et durable. Mais ficher la paix de façon durable aux Zaduls
est difficile, presque impossible, et ça, je ne le savais pas.

« Vois-tu comme ils sont nerveux, agités,
angoissés même, et irritables ? Ils sont prêts à refaire la guerre », me dit
quelques jours après *Mon Frère le Chien* de mes sujets. « Peut-être ne sont-ils pas vraiment heureux ? »
« Quoi qu'il en soit, nous n'y pouvons rien », lui répondis-je.

«Ils pourraient, une fois par semaine, jouer avec toi à ces jeux qui les mettent par terre d'admiration quand on les bat : les échecs et toutes ces choses-là. Quant à moi, ils me promèneraient, disons trois ou quatre fois par jour, et ça leur ferait plaisir - tu sais comment ils sont - de tenir un roi en laisse.» J'acceptai, évidemment. D'autant plus qu'aux échecs je suis fort.

Depuis, avec les Zaduls s'est instaurée une sorte d'entente
qui va en s'améliorant avec le temps. Parfois, rarement, il y a
de petits accrochages de peu d'importance, je dirais normaux.
Parfois, il me semble même les comprendre.
Et entre *Mon Frère le Chien* et moi, la confiance, l'amitié, l'amour fraternel
ont de longues années à vivre ; au moins autant qu'il y a de bonbons dans ce sac
qu'il vient d'apporter. Bonbons offerts par les Zaduls, d'ailleurs ;
c'était une des clauses de la paix que nous avons fichée sur la plage.